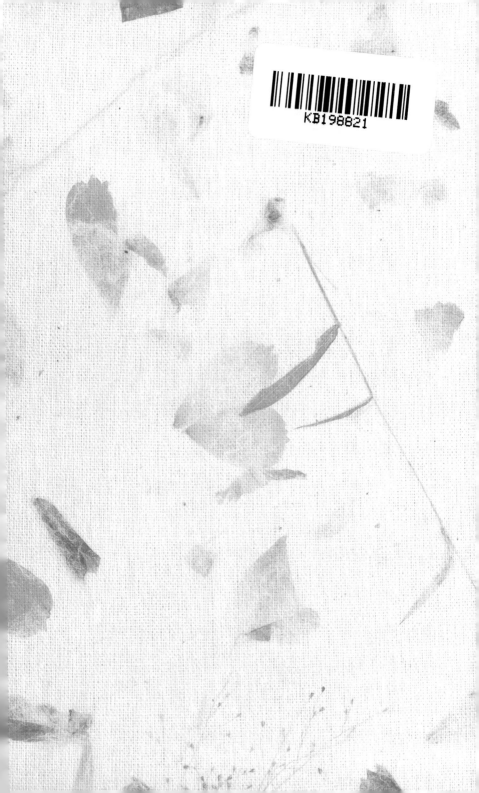

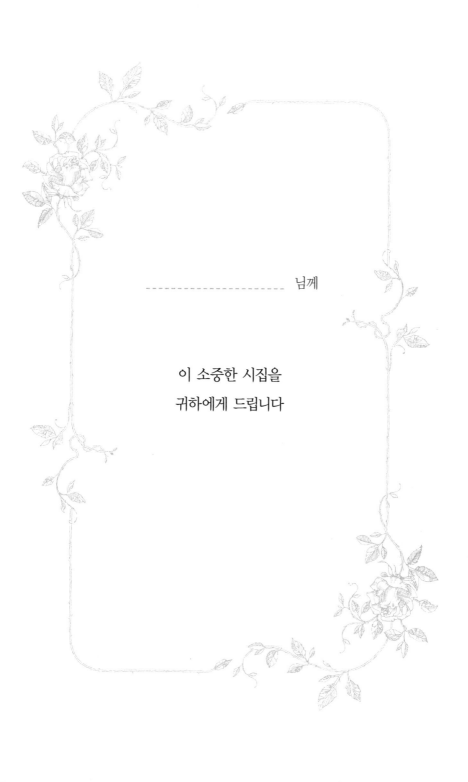

———————————————— 님께

이 소중한 시집을
귀하에게 드립니다

그대와 함께한
시간이 행복했다

夕江 김석인 시집

농부가 쌀을 생산하는 데
88번의 손길이 가야 한다고 합니다.
이 세상에 힘들지 않은 일은 없지요!
금년은 찜통더위로 모두가 고생고생 많았는데
노벨문학상 수상자가 나오려고 그렇게 더웠나 봅니다.
대한민국의 국위선양이요, 문학인들의 영광입니다.

『시가 뭔데』로 인사드린 지 2년이 되었습니다.
시인은 모름지기 '씨앗을 들고 새소리를 들을 줄
알아야 한다.'라고 했습니다. 나무를 보고, 숲을 본 듯이
그동안 이삭줍기 한 걸 창고에서 가슴으로 옮겨 존경하는
여러 독자님들과 나의 마음을 포개고자 합니다.

'건강한 거지는 병든 왕보다 행복하다고 합니다.'
내 마음속 깊이 만질 수 없는 세월이 쌓여
어느덧 골골 팔순이 되었습니다.
남은 인생 얼마일지 모르나 눈이 잘 보이고
손이 컴퓨터를 조작할 수 있는 날까지

여행하면서 생각을 멈추지 않겠습니다.

그동안 함께한 시간이 행복했습니다.

2024년 12월 집필실에서

김석인 배상

夕江 선생의 시에 내재한 긍정의 메시지

김붕래

(한국문화훈련원 교수)

夕江 선생의 시에는 기교가 없다. 더 정확히 말하면 기교가 없는 것처럼 보인다. 옛시조를 읽을 때 찾아오는 고졸(古拙)한 느낌을 들게 하는 夕江 선생의 시 세계는 참으로 정답고 친절하다. 夕江 선생의 시는 주제가 겉으로 드러나 있고, 자신의 뜻을 숨기지 않아 독자들이 쉽게 시인과 만날 수 있다. 이것이 夕江 선생이 지닌 무심의 눈이고, 무기교의 고졸함이다.

夕江 선생이 들려주는 시의 내용 또한 우리가 겪는 일상생활에서 오는 애환에 대해 긍정의 톤을 담고 있어서 시어가 주는 메시지 하나하나가 새로운 깨달음으로 다가온다.

'희망은 희망을 꿈꾸는 자에게만 있고, 내일은 내일을 믿는 자에게만 있다(〈인생은 다 바람입니다〉)'라면서 '텅 비어 있는 우리의 마음을, 남에게 빼앗긴 채 살아가는 사랑 없는 자신의 마음'을(〈마음 살피기〉) 돌아보라는 것이 夕江 선생이 우리에게 들려주는 긍정의 메시지다.

청춘은 열정의 돌개바람이고/인생은 뜬구름인데
가고 나면/다시 못 오는
지내고 보면/한낱 꿈이려니
행복도 잠시/불행도 잠깐
모든 것이 잠시 잠깐 마음먹기일 뿐
                        - 〈어제보다 괜찮은 오늘〉(부분 인용)

읽기 편한 夕江 선생의 시에는 삶에 대한 긍정적인 관조가 깔려 있다. 현실은 여러 가지 이유로 약자인 우리를 억압하고 있는데 夕江 선생은 그 사슬마저 하나의 깨달음의 과정이라고 자신의 시에서 설명해 준다. 그리고 우리는 어제의 고통을 오늘의 깨달음으로 치환하라는 그 시의 메시지를 통하여 위안을 얻게 된다.

독자들에게 다가갈 수 없는 시는 허공에 떠 있는 낮달처럼 공허한 메아리일 뿐이다. 예술의 기능, 특히 문학의 기능이 현실을 보여 주는 데서 끝나는 것이 아니라 그 현실을 껴안고 함께 아파하고, 괜찮다는 메시지를 전해 주는 데 있는 것인데, 夕江 선생

은 그의 시 마디, 마디에서 내일에 대해 긍정적인 메시지를 펼쳐
나간다.

'어제보다 오늘이 괜찮다'면, '(모든 고통이) 지나고 보면 한낱
꿈'이란 것을 깨달을 수 있으면 우리는 현실의 위기를 충분히 극
복할 수 있을 것이다. 그리고 성공적인 삶에 도달할 수 있을 것
이다. 夕江 선생의 기교를 뛰어넘어 인생을 관조하는 시의 메시
지는 시 구절마다 계속된다. '길이 험하다 하여 멈출 수 없고 산
이 높다 하여 멈출 수 없는'데, '새벽별 희망 하나 구절초처럼 하
얗게 웃으며 우릴 반겨'(〈우리네 인생〉 부분 인용) 준다는 것이
바로 그 대표적인 메타포일 것이다. 동화의 한 구절처럼 夕江 선
생의 시는 우리의 메마른 가슴을 따뜻하게 덥혀 주고 있으니 얼
마나 아름다운 일인가.

또한 모든 예술의 명제는 '무엇'을 '어떻게' 표현하느냐에 고심하
게 된다. 夕江 선생 시의 많은 부분은 민족과 애국의 주제를 담
고 있다. 이는 그가 청년 장교로 근무하면서 많은 후배 군인들에
게 민족혼을 일깨워 온 충일한 애국심의 발로일 것이 분명하다.
그래서 이 시집의 끝부분인 6부의 시들은 제목만으로도 애국애

족의 충정이 넘쳐난다. 〈참전용사를 생각하며〉, 〈삼일절 아침〉, 〈휴전선의 봄〉, 〈6월이 오면〉, 〈희망의 연평도〉 …… 이런 제목만으로도 한 편의 시를 꾸밀 수 있을 만큼 그의 시에는 조국을 걱정하고, 가신님을 추모하고, 살아 남아있는 우리를 눈뜨게 하려는 진정이 담겨 있다. 그리고 그 울림은 여타 시집에서 볼 수 있는 개인의 서정이 아니다. 우리가 지니고 있어야 할 그리고 그것을 지니고 있을 때 우리 민족 모두는 깨어나서 파수꾼이 될 수 있는 공동체 의식에 눈뜨라는 진혼곡의 형식을 띠고 있다는 점을 독자들은 기억해야 할 것이다.

사람은 무엇으로 사느냐고 톨스토이는 질문한 적이 있다. 빵이란 것은 우리를 겨우 숨 쉬게 할 뿐, 인간이 인간답게 살기 위해서는 귀 기울여 스스로 양심의 소리를 들을 수 있어야 인간다운 삶을 살아갈 수 있는 것이다. 그런 외침이 夕江 선생의 시에는 수없이 울려 퍼진다.

짙은 안개로 희망이 보이지 않아도/우리는 그곳에 갈 수 있습니다
자유와 평화가 태풍으로 요동쳐도/우리는 그것을 누릴 수

있습니다

사랑과 행복이 보이지 않을지라도/우리는 그것을 느낄 수
있습니다

희망, 자유, 평화, 사랑, 행복~/모두 마음에 담으세요

　　　　　　　　　　　　　　　　　　　-〈희망의 연평도〉

　夕江 선생은 정색을 하고 산화한 영령들에게 들려준다. "그대
가 떠나간 뒤 그대 마음 밭에 내가 들어가서 행복을 가꾸다가
살포시 잠이 들어 꿈을 꾸었다오. 영원한 안식처를 그대여 슬퍼
마오. 내가 그대 곁에 있으니까"(〈현충원에서〉)

　이 부분에서 너와 나, 산 자와 죽은 자는 한 몸이 되어 함께
숨 쉬며 조국의 이름으로 영생을 얻고 있다는 것을 우리는 발견
할 수 있다.

　夕江 선생의 두 번째 시집『그대와 함께한 시간이 행복했다』의
상재를 축하한다. 모든 독자가 夕江 선생과 함께 깨어 있어 행복
해지기를 충심으로 바라 마지않는다.

夕江 시인은 늘 청춘이라서 행복하다.

홍찬선
(<월간시인> 편집인, <전 머니 투데이> 편집국장)

마음이 느끼는 것이 뜻(志)이고 뜻을 글로 나타낸 것이 시(詩)라고 했다. 夕江 시인의 새 시집 『그대와 함께 한 시간이 행복했다』는 그런 의미에서 참 시집이라고 할 수 있다. 하루하루 일상 생활에서 만나서 느끼는 것을 그대로 편한 우리말로 표현하고 있어서다.

『그대와 함께 한 시간이 행복했다』에서는 그리움과 외로움을 사랑으로 다스려 행복을 만들어 내는 시인의 고운 마음을 만날 수 있다. "사랑이/ 아프거나 슬퍼도/ 떠나는 그날까지/ 사랑하며 살아야 한다."(〈사랑〉)는 다짐으로 빚어낸 시편들이다.

〈보고 싶은 그대〉는 봄과 봄비로, 꽃으로, 파란 하늘로 다가와서 〈기다림이 있어 행복하다〉는 역설을 노래한다. 똥 묻은 개가 겨 묻은 개를 탓하는 내로남불 세상에서도 좌절하지 않는다. 사공이 너무 많은 세상에서도 짭짤하게 살기 위해서다. 서로에

게 뜻하지 않고 박았던 많은 대못을 빼기 위해서다. 영혼이 주름
지지 않게 하기 위해서다. 길이 험하다고 해서 멈출 수가 없기 때
문이다. 세상에는 공짜가 없고, 추운 겨울일수록 아름다운 사랑
을 해야 하기 때문이다. 손녀 이담이가 착한 중학생이 되는 것을
보기 위해서다. 행복은 남이 주는 것이 아니라 내가 만드는 것이
기 때문이다.

　夕江 시인은 그렇게 "언제나 너그러움과 따뜻함이/ 가득한 마
음을 가진 명품인 사람"(《명품사람》)이 되었다. 그래서 "함께 하면
할수록/ 내게 행복을 주고/ 멈추지 않고 흐르는/ 아리수와 같은
그 분"(《참 좋은 그분》)을 만났다. "뜨겁게 사랑하며 살라"(《우리
부부 나들이》)는 어머니의 선물을 시로 풀어내고
　"그대와 함께 한 시간이 너무 행복했다"고 노래하며 외로움을
달랬다.

　夕江 시인은 늘 청춘이라서 행복하다. 팔순이 되었어도 전국
방방곡곡을 주유하며 아름다운 시를 빚어낸다. 뽕잎을 아름다
운 비단실로 자아내는 누에를 닮았다. 가는 곳마다 예술이고 보
는 것마다 역사를 만들어 내는 夕江 시인의 새 시집 출간을 축
하드린다.

차례

제1부 / 그대와 함께한 시간이 행복했다

제2부 / 천국에 먼저 가네

제3부 / 꽃 잔치 끝나고 나면

제4부 / 오늘도 그대 생각에

제5부 / 보고 싶은 당신

제6부 / 유월이 오면

* 우리 부부 나들이

* 그대와 함께한 시간이 행복했다

* 바다 울음

* 기다림은 향기 되어

* 부안 백산성(白山城)

* 그곳에 가면

* 겨울바다에서

* 외로움

* 봄아, 어서 오너라!

* 봄비가 되어 돌아온다면

* 보고 싶은 그대

* 동성동본이 빚은 슬픔

* 기다림이 있어 행복하다

제1부

그대와 함께한 시간이 행복했다

우리 부부 나들이

가학산 올라가는 길
잠시 멈추어 서더니
언저리에서 나물을 뜯는다

삶아서 말려 두었다가
나물을 맛있게 조리해서
어머님 제사상에 올리겠단다

하늘에 계신 시어머님이
생전에 좋아하셨다 하니
내 마음도 싫지는 아니했다

우두커니 서 있던 나도
미안한 마음을 보태어
두 손으로 얼기설기 마구 뜯었다

모처럼 우리 부부 산에서
한마음 되어 사랑하는 모습
하늘에서도 보고 계실까

당신이 마지막 주고 가신
귀중한 선물 한마디, 그건
"뜨겁게 사랑하며 살라고"

그대와 함께한 시간이 행복했다

송파구 올림픽 공원에
개나리가 활짝 피었을 때도
강화도 고려 산장에
연분홍 진달래가 피를 토할 때도
그대는 나와 함께했지요

지난해 북한산이 하얀 눈으로
소복단장 했을 적에도
또 주변에 무슨 일만 있어도
나를 먼저 챙겨 주는
소박한 감사를 베풀게 해 준 것도
그대가 있기 때문이며

이 모든 것이 그대를 만나
함께한 시간이 너무 행복했다

바다 울음

처얼썩 철썩 차르 차르륵
바위에 부딪혀 몽니를 부리니
바다 우는 소리가 들린다
오늘은 유별나게 울고 있네

거북이가 죽었는가
돌고래가 죽었는가
아니면 지난 태풍에
용왕님이 죽었는가

구슬프게도 울어댄다
아마도 해님이 죽어서
캄캄한 밤이 되어
혼자 무서워 우는가 보다

저렇게 큰 덩치가
어린아이처럼 걸핏하면
눈물을 짜고 짜증 내니
바닷물이 짜디짠가 보다

기다림은 향기 되어

봄비가 소리 없이
내리고 있는 오후입니다

멀리서 오신다고 기다리던
그 사람은 아직도 소식이 없고
언제쯤이라는 소식이 있으려는지
가슴만 까맣게 타서 아파 오기 시작합니다

넘어져서 멍이 든 곳은 파스를 붙이거나
물리치료를 받으면 가라앉는데
가슴에 멍든 상처는 어이하면 좋을까요

그리움과 외로움이 합쳐서
고독으로 물든 나의 마음은
오로지 그대뿐이랍니다

내리는 봄비가 그칠 때면
꼭 오시리라 믿습니다

부안 백산성(白山城)

사계절 멋진 변산반도 부안
녹두꽃이 필 무렵에
고향마을 백산면에 가면

파랑새가 날던 동학 성지
백산 대회가 열렸던 곳
'부안 백산성'이 있다

'부안에서 꽃이 피고
부안에서 결실을 보리라'
해월(海月)이 예언했던 곳

역사의 얼이 살아 숨 쉬는
순박하고 아름다운 그곳은
서면 백산(白山)이요
앉으면 죽산(竹山)이었다

동진강과 고부천이 만나는
자랑스러운 그곳 백산에서
나는 숨 고르며 살았다

그곳에 가면

하루에도 몇 번씩
그대 생각에 사로잡혀서
허구한 날 꿈속에 헤매듯
마음만 싱숭생숭 어지럽네

저 멀리 저 산 너머
고갯마루 언덕에서
외로이 홀로 서 있는 은행나무
길손들 쉬어가길 기다리네

은행나무야 너도
저 아랫마을 동구 밖에
옹기종기 모여 살고 있는
그곳으로 데려다 줄까

그곳에 가면
반겨줄 친구들과
지저귀는 새들이
함께 노래하고 있단다

외롭기는 너나 내 신세나
느끼는 마음은 마찬가지
함께 어울려서 수다 떨고
노래하며 그대 생각 함께하자

겨울바다에서

일상의 고단함을 떠나서
시원한 바닷바람
바다 풍경에 취하고 싶을 때

아! 저 바다의
멋진 춤사위와 파도 소리

삭막하고 건조한 도시에서
살아가는 나를
섣달 초승에 불러낸 곳은
다름 아닌 오이도

찬 공기 가르면서 달려가
횟집 주인의 발 빠른 검무로
빚어낸 안주

혀끝에 살포시 놓고
'처음처럼' 이슬이로
또 하나의 추억을 걸러낸다

강한 바람 성난 파도
아우성치는 겨울바다는
늘상 그렇게
나에게 살아있음을 일깨워 준다

외로움

수많은 사람 중에
이 밤
외로운 사람이 누구신가요

남자나 여자나

이 밤
술집에서, 카페에서
그리고 길거리에서
서성거리며 고독과 싸운다.

외로움이 외로움을 모르니 외로울 수밖에

봄아, 어서 오너라!

바람아 자고 있는 땅을 흔들어 깨워라
땅속 깊이 잠자고 있는 친구도 깨워라
아직도 늦잠을 자고 있구나
아니 아직도 봄이 멀었단 말이냐
하늘에서 세차게 불어오는 바람에
지구가 온통 흔들거리는구나
아마 이것이 봄을 부르는
신호인지도 모르겠다
왜 이리도 더디단 말이냐
보고 싶은 새싹아 빨리 올라오느라
대지를 온통 노랗고 파랗게 만들어 다오
하늘과 땅과 사람 사이에 큰 경사가 일어난다

봄비가 되어 돌아온다면

내 곁을 떠난 그대
멀리 있는 줄 알고 있었지만
마음만은 언제나 가까이 있었다

오늘처럼
바람 불고 날씨가 흐릴 때는
그대가 보고 싶어 많이 생각났다
차 한 잔 함께 마시던 그때가

갈색머리 풀어 헤치고
잔뜩 흐린 하늘을 향해
구름처럼 바람 따라
두 손 흔들면서

언제라도 그대
봄비가 되어 돌아온다면
가슴을 열고 흠뻑 젖어 보겠네
맨발로 달려 나가서

보고 싶은 그대

잔뜩 흐렸던 하늘이 파랗게 문을 열고
살포시 얼굴 내밀며 방긋이 웃음을 짓네
비가 내리거나 햇빛이 쨍쨍 내리쬐어도
그대가 보고 싶은 건 어제오늘 매한가지
연초록이 우거진 푸른 잎새와 꽃들은
내리쬐는 햇빛도 빗방울도 친구 하자네
그리움은 나뭇잎 가지가지 마디에
아롱진 얼룩마다 색색이 새겨 있네

푸른 하늘에 구름이여
높이 높이 솟아 흘러라
가다가 우리 님이 보이거든
그대 기다린다고 알려 주렴

동성동본이 빚은 슬픔

전쟁고아나 미아들은
부모가 누구인지 모른다
누구 탓이랴
전쟁인가, 사랑 탓인가
하지만 분명한 것은
부모와 생이별한 거다

다행이다
고아원이 있어서
원장님이 아버지가 된다
한 울타리 안에서
성장하면서 이성을 알고
사랑을 배운 것이
동성동본은 요단강이었다

알량한 인륜 때문에
죽는 것보다 헤어지는 것이
더 무서워서 함께 죽는다고
자살은 동성동본이 빚은
기찻길 같은 슬픔이다

법이 진즉 바뀌었더라면
아까운 목숨들
저리 되지는 않았으리
슬프도다! 슬프도다!
동성동본으로 태어난 것이

기다림이 있어 행복하다

만나서 기쁨을 주고 행복을 주는
그런 사랑을 기다리고 있습니다
얼마나 기다려야 할지 모르겠지만
아예 영영 만나지 못한다 하더라도
기다림이 있어 나는 행복합니다

기다림은 사랑을 만날 수 있고
나의 행복을 얻을 수만 있다면
오늘도 내일도 계속 기다리며
이곳에 혼자 남아 있겠습니다
사랑하는 그님이 오실 때까지

제2부

천국에 먼저 가네

짭짤한 인생을 살자

돌연사다, 자살이다
요즘 바짝 늘고 있다
억울하게 태어났다 하더라도
비굴하게는 죽지 말자

흙수저니 금수저니
그것이 문제가 아니다
이별도 못 하고 떠난 죽음,
돌연사와 자살이 문제다
갑자기 찾아온 생활습관 병으로

우리는 움직여야 산다
움직이자!
매일 쉬지 말고 걷자! 그리고
하고 싶은 것 더는 미루지 말고
다음에, 또는 내일 하자고
기다려 주지 않는다!

어차피 죽어 썩어 문드러질 육신,
아끼면 뭐 하나
우리에게는 오로지 오늘,
바로 지금뿐이다
짭짤한 인생을 살기 위해서는

요즘 세상

요즘 세상 돌아가는 꼬락서니를 보면
똥 묻은 개가 겨 묻은 개를 탓하며
서로가 내로남불이라 하고 있으니

최저임금 일만 원에는 비난하면서도
육 년의 퇴직금 오십억은 푼돈인가
하늘이 어두워져야 별빛을 잘 보듯이

곤충보다 인(人)충이 더 많은 세상에
공정 정의만 서로 외쳐대는구나!
눈귀가 멀어도 한참 멀었지

제 눈에 들보는 보지 못하면서
남의 눈에 티는 잘 보이는지
손바닥으로 하늘을 가리려 하네

다른 사람들은 다 알고 있는데
국민의 혈세로 오늘을 살아가는
정작 공직자 자신은 모르쇠로

그놈의 흉허물과 실수들을

사람이 먼저다

열 손가락 깨물어서
아프지 않은 손가락 없네
자식을 잃은 한 아비의 눈물도
따뜻한 눈길을 기다린 아들도
측은지심이 자격지심을 앞서네

-법을 어기면서
그날 아비의 마음을 보았습니다
사람이 먼저 있고서
공부도 예법도 있다는 것을……-

세월이 흐른 오래전에도 그랬는데
지금에 사람들은 잊고 사는가

버릴 때도
먹을 때 생각처럼
초심이면 좋으련만
힘들었던 세상을
힘낼 세상으로 바꿀 수 있다면

모두가 내 탓이요

누구를 탓하랴
문명의 발상지라고 하는 황하에서
요즘 뿌옇고 짜증만 주는 하늘처럼
어느 것도 탓할 수 없는데
제 발로 굴러온 코로나를 탓할 수 있을까

우리 사회에 소외된 자
목소리가 커진 원인이
누구라 할 것 없이
모두에게 있기에
작은 소리라도 먼저 감지해야 하는데

그들이 해야 할 것은
짐짓 강 건너 불 보듯 하면서
비 맞은 시민들만 이래라저래라
자기네들이나 먼저 잘하지
갈등만 키우고 부채질하면서

힘든 삶 속에서

하나의 철광석을 찾기 위해
막장 속에서 광부들은
힘들게 땀을 흘렸나 보다

하나의 못을 만들기 위해
새벽부터 근로자들은
또 그렇게 힘들었나 보다

당신과 살아가면서
매일매일 서로에게
예고 없이 박았던
그 수많은 대못들

이제 하나하나 빼내기 위해
몸부림치고 있는 것은 아마도
인생길 마지막 가는 길이 가까워
트라우마를 달래려고 하나 보다

황혼

송년회니 망년회니
모두가 한해의 끝에
서성이고 있을 무렵

그것은 누구나
똑같은 인고의 세월이며
1초도 더 가진 자 없네

어린 봄이면 샛노랗게
땀 흘린 여름엔 푸르디푸르게
붉고 누렇게 피어난 가을엔
잔치마당으로 풍성한데

우주가 하얗게 변해버리면
인생도 계절과 동행하네
인(人) 꽃을 피우기 위해

일용직 시장

새벽마다 낚시하러 나간다
명퇴한 지 얼마 안 되었는데
무얼 낚으러 일찍 나가는지
어제도 그제도 궁금하겠지

오늘은 어제보다
더 큰 비늘이 물릴까
그것은 낚시꾼의 마음뿐이다
젊고 싱싱한 게 먼저다
늙고 나이 든 자는 한참 후에나
여기서 장유유서(長幼有序)는 헛말이다

궂은 날 낚시가 더 잘 된다는데
비 오는 날에는 집에서 쉬고
자식들 눈치챌라 조심조심
빈대떡과 동동주 앞에 두고서
가장들의 한숨과 눈물을 본다

나이 육십은 인생의 시작이다
이제 늙은이가 아니다
전국 시장 일대에 너무도 많다
찜통더위나 혹한보다 더 무서운
당신이 사는 세상이 전부는 아니다

치매가 무섭다

뭐가 그리도 불만이 많으신지
백 년을 살아도 미련은 남는 건데
이 세상에서 제일 무서운 것
노인성 치매라던데
스트레스에서 지남력 장애까지~

치매라는 그 몹쓸 것이
꼭 그렇게
제일 가까운 사람부터 지치게 하고
영과 육을 슬프게 하고
정든 곳 떠나기 전 슬픈 신호라 하네

다섯 살 먹은 손주도 아닌데 자랑하기 좋아하시네
보고 듣고 말할 것이 너무도 많은데
두뇌 질서가 무너져 버려 멀미 날 것 같은 머릿속
알맹이 없는 4차원 이야기로 천진난만한 새봄이 되었다가
여름날 잔뜩 찌푸린 먹구름으로 두려움과 공포와 고통으로
오랜 병고에 효자 없다던데 달달 볶아도 시원치 않은지
떠나시는 그날까지 있는 정 없는 정
모두 쏟아버리고 가시려나

천국에 먼저 가네

함께 가자 하더니만
대학병원 영안실에서
외롭게 먼저 떠난
친구의 명복을 빈다

오르막길 내리막길
험준한 고갯길
얼마나 힘들어했을까!

조금이라도
빨리 연락을 하지
이제 어쩌란 말이냐
눈을 감은 뒤에서야

부디 죽음도 더 이상의 고통도
슬픔도 없는 그곳에서
오래오래 못다 한 뜻 이뤄가며
저승에서 행복하게 사시길

하늘도 마지막 가는 길에
눈물로 이별주를 권하네

추억 더하기 음악식당

낙원상가 입구의 우측 골목에
노인 어르신들을 위한 공간으로
흘러간 음악도 감상하고
점심도 싼값에 드실 수 있도록
신한은행이 협찬하여
착한 공간을 마련하여
운영하고 있다

종로, 인사동, 낙원상가 일대를
지나는 어르신들을 위한
배려가 아닌가 생각해 본다

한 끼의 배고픔을
달랠 수 있어 기분 좋고
잃어버린 추억을 되찾아 주어
마음 또한 훈훈하다

보이지 않는 어둠 속에서
마주 잡을 손이 있어서

버팀목이 될 사회적 배려가
꽃샘추위를 달래주고

잠시나마 세월의 훈장이 되어버린
쌓인 인생의 흠집들이
녹아내린 듯하다

금(crack)이 간 인생의 상처를
금(gold)으로 도금할 수 있어
잠시나마 추억의 음악으로
그 속에 흠뻑 빠져
잊어버리고 싶은 심정일 게다

한가위 달님에게

달아 달아 밝은 달아
한가위 보름달아
오늘 아침 차례상에
우리 엄니 진지 송편 올렸단다

오곡백과 진수성찬 지극정성으로
그런데 한 숟갈도 뜨지 않으셨다
나의 정성이 부족해서 그러느냐

별나라 넷째 보고 싶어
그곳으로 찾아 가셨나
달아 달아 둥근 달아

우리 엄니 계시는
하늘나라 그곳 알고 있겠지
엄니 소식 궁금하여 네게 묻는다

온 정성 한데 모아 해물, 육류요리,
엄니 좋아하시는 음식 과일 가득하니
다음 명절 때는 꼭 모셔 오기 바란다

슬픈 명절

호룡곡산* 푸른 솔밭 길을 따라
정상의 확 트인 전망대에서
멀리 서북쪽으로
연평도, 백령도를 바라보며
많은 영혼이 잠들어 있는
서해바다를 가슴에 담아 본다

하늘에서 비추는 햇살은 같을 진데
동포가 사는 북녘은 아직도
삼복더위에도 영하의 날씨
언제나 해빙이 될 것인가

추석 명절을 맞아
남에서는 북쪽으로
북에서는 남쪽으로 머리 숙여
이산(離散)의 아픔을 삭이면서
버린 세월과 분단을 한탄하며
흐르는 눈물이 바닷물을 더욱 짜게 한다

---

* 호랑이와 용이 곡소리 나게 싸운 산

* 별은 하늘에만 있는 게 아니다

* 우리에게도 그날은 옵니다

* 십자가 정신은 섬김이다

* 거듭나게 하소서

* 슬픔 안고 하늘나라 가다

* 무서운 곶감

* 미세먼지 날다

* 샴페인은 터뜨렸는데

* 꽃 잔치 끝나고 나면

* 가을이가 바람이 났나 봅니다

* 산행 후의 기쁨

* 우리네 인생

* 청춘은 내 마음속에

제3부

꽃 잔치 끝나고 나면

별은 하늘에만 있는 게 아니다

'노병은 죽지 않고
다만 사라질 뿐'이라고

그런데 장교가 되기 위해
숱한 힘든 과정을 거쳐야 하는데
그 이유가 따로 있었다

다이아몬드는 깊은 땅속에서
죽엽(竹葉)은 땅 위에서 곧게 피고
별은 하늘에 있기 때문에

너무 멀리서 빛나고 있어서
정말 하늘의 별 따기라 하고
그래서 별을 '스타'라고 부르나 보다

그런데 진짜 별은
하늘에만 있는 것이 아니다
수많은 별 중 유독 빛나는 별은
동작동 현충원 2묘역에 잠든 별이 있다
모두가 그들은 참군인상인데~

살아서 차별대우 받는 생명은
죽어서 하나님 곁에 가서는
누구라도 같아야 하기에
은총의 상처요 축복의 고통이다

우리에게도 그날은 옵니다

하늘을 바라보니
아래에서 아우성을 치며
지금 거기에서 내려오라고
소리소리 지르고 야단법석입니다

우리의 허물로, 들은 척도 안 하고
그곳은 사람 살 곳이 아닌데도
고통을 기다림과 버팀으로
지금의 유혹을 견뎌 내셨으리

그곳에서 내려오셨다면
부활은 없었겠지요

우리도 마찬가지~
조금만 더 참고 기다리면
그날은 꼭 올 것입니다

분명 올 것입니다
거듭날 그날이
지금의 유혹을 피할 수만 있다면

십자가 정신은 섬김이다

십자가 정신은
자기중심이 아닌
하나님 중심이고
타인 중심의 정신입니다

자기를 희생하는 정신입니다

하나님 나라를 위하여
교회를 위하여
성도들의 유익을 위하여
손해를 감수하는 정신입니다

5리를 가자면
10리를 가주는 정신입니다

거듭나게 하소서

목마른 갈증은 아리수로 채우지만
메말라가는 영혼의 갈증은
당신의 생명수가 아니면 안 됩니다

세상 만물이 당신으로부터 나와
당신께로 다시 돌아가면서도
당신을 부정하며 호흡하지 못합니다

상처투성인 두 손을 크게 모아
채워지지 않는 고달픈 삶을 살며
하늘에 계신 우리 님에게 기도합니다

일상 늘 가볍지 못한 나의 마음은
누구를 위하고 무엇을 향한 마음인지
단 하루라도 눈물을 통해 알게 하소서

슬픔 안고 하늘나라 가다

하늘에서 천사가 내려와
예쁜 공주를 만나고
이곳에는 시기하는 자가 많으니
하나님 곁으로 가자고 조르고 조르네

'아니 아니야, 아직은 아니야
내 나이가 어때서 지금 딱 좋은데
내년 3월 아들 혼사도 있고
아직은 할 일이 많은데'

성모마리아께서 어젯밤
곁에서 지켜보고 기도하며
'공주야 걱정하지 마라
할 일이 따로 있다' 하시네

자유롭고 고통 없는 곳 '하늘나라'
하나님 곁에서 편히 쉬게 하리라
사랑으로 아름답게 잠들게 하리라
모든 인연 첫 줄을 내려놓고 가시네

무서운 곶감

감나무는 고향 텃밭에도 있지만
상주에 가면 마을마다 집집마다
새파란 땡감들이 여름 햇빛 아래
이파리와 더불어 붉게 물들어서

가을바람과 햇빛에 친구하여
붉은 감들이 이제 겉옷을 벗고
처마 밑에 대롱대롱 매달려
하얀 시설(柿雪)을 내뿜고 있다

늙은이 뱃가죽처럼 쭈굴쭈굴
말랑말랑해져 볼품은 없지만
맛은 일품 명품이다

한밤중 슬피 울던 아이도
호랑이보다 내 이름만 부르면
어느새 울음을 뚝 그친다는데
정말 호랑이도 날 무서워할까

미세먼지 날다

미세먼지 날리는
북악산 둘레길
나 혼자 나섰네

어디서 불어오나
차가운 고추바람
코끝이 시리다

발아래 푸른 집
한때는 북적북적
지금은 파리 날다

이 아름다운 궁터에
주인은 보이지 않고
오늘은
초미세먼지만 뿌옇네

샴페인은 터뜨렸는데

토요일 이른 아침
한 주간의 푸념을 태우려고
배낭 하나로 무조건 전철에 올라
삶을 지치게 했던
반복된 나의 일상을 가득 안고

새로운 삶의 풍경을 바라보며
잠시 어린애처럼
설렘도 해 보고, 객기도 부려보고
꿈을 먹던 동심도 걸러 보며

푸르던 들녘은
어느덧 난개발에 점점 줄어들고
여기저기 우뚝우뚝
성냥갑 같은 건물들만이
내 시야를 어지럽히네

사람 사는 곳이란
어디 메나 마찬가지인 듯

희로애락이 교차되고 있지만
한 줄금 퍼붓는 소나기에
넘쳐흐르는 시냇물처럼
요란스러우며 어둡고 탁했다

우뚝 솟은 붉은 십자가는
새벽녘에 더욱 밝게 빛나고
깊은 산사에 염불 소리 그치지 않아도
우리네 삶은 주름살만 늘어 가네

꽃 잔치 끝나고 나면

지방마다 꽃 잔치로
아름답게 장식한 10월은
우리 마음부터 황홀하다

영롱한 아침이슬 머금고
따스한 가을 햇빛 속으로
그 모습을 뽐내고 있구나

그것은 주민들의 피와 땀
저절로 예뻐질 수 있을까
봄부터 앵무새가 울어야지

이 가을 지나고 찬바람 불어오면
무서리는 꽃밭을 뿌옇게 덮어
하루하루를 포개 놓은 삶처럼 힘들 게다

가을이가 바람이 났나 봅니다

뭐하고 안 오느냐
빨리 와야지

얼마나 기다렸다고
처서가 지난 지가 언젠데

오지 않고 매일 밤 야옹야옹
서글프게 울어댑니다

임을 찾는 것인지
아니면
배고파서 잠이 안 오는지

가을이라서
가을이가 귀뚜리보다

임을 찾는 소리가
더 처량하게 들립니다

가을이가 혹시
바람이 났나 봅니다

산행 후의 기쁨

칠십하고도 반
몸은 거짓말을 못하더라
오랜만의 산행이라
애고 애고 다리, 허리, 알통
근육 삭신이 욱신욱신
종일 뒤뚱뒤뚱, 멋진 등산화 신고

절룩절룩 무슨 일 있느냐구요?
후후 어찌 내 안의 즐거움을
공짜로 알려 줄 수 있나요
현실은 지옥이지만
추억만큼은 천국이라!

청계산 가는 길의 훈풍이
내 몸을 감싸듯이
아픈 만큼 성숙해지고서야
청계산에 대한 도리일 것 같아

5시간의 긴 산행에도 후배들과
도란도란 이야기꽃을 피우며
근엄한 자태 잃지 않으려
무지무지 애쓴 하루였지

다음 산행 때도 틀림없이
내 알통은 아픔을 호소하겠지만
그까짓 것 충분히 참아줘야 하제
종석아! 오늘 수고 많이 하였다
솔직히 5시간 산행은 좀 힘들구나

우리네 인생

길이 험하다 하여
멈출 수 없고
산이 높다 하여
넘지 않을 수 없네

새벽별 희망 하나
눈치로 살펴보며
마음으로 보살피니

달빛에 새벽이슬 머금은
구절초처럼 하얗게 웃으며
우릴 반겨 주네

청춘은 내 마음속에

세월이 흐르면
피부를 주름지게 하지만,

열정을 버리면
영혼을 주름지게 만든다

우리의 청춘은 언제나
마음속에 함께 있다

제4부

오늘도 그대 생각에

안산(鞍山)으로 오시게나

어딘가 떠나고 싶을 때
안산 자락 길로 오시게나
경기도 안산(安山)이 아니고
서대문 뒤 안산(鞍山)이라네

독립문역에서 하차하면
과거 슬픈 역사의 참상도
애국선열들의 울부짖음도
주먹을 불끈 쥐게 하는 곳이지

또 홍제역에서 마을버스 타고
5분쯤 달려 고개 넘으면
시원한 홍제천과 분수대가
물레방아 흥에 빠지게 하는 곳

산에 오르면 알게 될 것이네
상큼하게 잘 닦아진 둘레길이며
숲속의 바람과 쉼터와 공연장
하늘 향내 나는 꽃밭과 가족 놀이

연인과 와도 좋고 혼자라도 좋고
한 걸음 한 걸음 돌고 돌아
소진된 에너지 충전하러 오시게
산행 후 골목시장에서 한잔 어떤가?

오늘도 그대 생각에

꽃바람 살랑살랑 불던 날
언덕에 올라
꽃잎은 흩날리고 있는데

우리가 머물던 쉼터에서
우리의 애틋한 사랑은
그곳에서 무르익었네

오늘도 그대 생각에
아직도
잠 못 이루고 있는데

그칠 줄 모르는 그대 생각
그대 향한 나의 사랑은
지금도 끝이 변함 없어라

수줍은 5월

언제나 신록의 5월은
희망을 샘솟게 하고
아름다운 생명은
푸르름 속에서 자라는데
행복은 마음속에서
강물처럼 흐르는 것을
나는 들여다보았네

연두색 잎새를 보며
한 잔의 달콤한 포도주
진홍빛 향기에 취해
마음은 흥분되어 뛰고
화끈 달아오르는 얼굴
누가 몰래 볼까 싶어
수줍은 산골 소녀 되었네

사랑하는 손녀 이담아

세월이 참 빨리도 가네.
내 나이가 벌써 팔순이니
내 생전에 막둥이 장가나
보내고 이승을 떠나야 한다고
걱정 또 걱정을 하였는데

하늘에 계신 할머니 할아버지
굽어 살피시고 좋은 색시 보내 주어
거기에다가 예쁜 공주 이담이까지
선물도 큰 보물을 보내 주시니
얼마나 좋은 일인지 감사 또 감사

이담아 어디에서 노니다가
이제야 할아버지한테 왔느냐
얼마나 보고 싶고 또 기다렸는지
너의 영특하고 예쁜 모습을 보니
할머니와 할아버지는 기분 최고다

이담이가 초등학교를 마치고
착한 중학생의 모습을 볼 때까지
할아버지가 치매 없이 건강하게
살고 싶은 욕심이 자꾸 생긴단다
이담아 어서 커라, 동하 시우처럼

아직도 청춘

눈에서 멀어지면 마음도 그렇다는데
날마다 만나도 1년에 한 번 만나는
직녀처럼 그립고 애틋한 사랑은
젊었을 때는 나도 붉은 꽃이련만
이제 낙엽이 되어 황혼이 되고 보니
아내 사랑을 호르몬에만 견줄쏜가

구름산에는 봄이나 가을도
비 오고 매미 울던 여름도
바람 불고 눈 내리는 겨울에도
내 나이보다 더 많이 다녔지만
귀밑머리는 세월 따라 변해만 가고
저 산은 전혀 늙을 기미가 보이지 않네
사랑하는 아내를 생각하는 내 마음처럼

마음 살피기

행복은
남이 주는 것이 아니라
내가 만드는 것

행복은 마음에서
느낌으로 오는 것인데
행복을 느끼지 못하는 것은

사랑 없이 내 마음을
남에게 빼앗긴 채
살기 때문이다

마음을 살펴보세요
사랑이 텅 비어
있는 것은 아닌지

명품사람

마음이 편해야
입은 옷도 명품이고
시간을 아끼고 잘 지켜야
시계가 명품이죠

반가워하는 물건이 나와야
그 가방이 명품이고
배고픈 사람에게 지폐가 나와야
지갑이 명품이라는데

언제나 너그러움과 따뜻함이
가득한 마음을 가진 명품인 사람
그 사람은 어디에 계시는지요

망치

망치는 망치인데
목수가 못을 박을 때는 연장 도구
국회에서 법률안 통과 때 치면 의사봉
판사가 판결할 때 치면 판결봉

다 같은 망치인데
재질이 중요한가,
무게가 중요한가,
가치가 중요한가,

아니다
때와 장소도 중요하지만
누굴 만나느냐가 중요하지
사람도 마찬가지다

꽃 중의 꽃

바람에 맞서 흔들리는
아주 작은 꽃씨 하나

아름다운 꽃으로 피운 인연
밝게 피어나는 우리들 마음

춤추는 벌과 나비들은
사랑을 한 아름 선물하네

꽃 중의 꽃, 사람의 꽃(人花)
삼천리강산에 가득가득하게

꽃길

혼자 떠나는 길에
외로움이 있다면
예쁜 그리움도 있겠지

당신과 함께 간다면
무슨 길이 있을까
행복 나누는 사랑의 길

감사하는 마음으로
모두가 함께한다면
나눔의 길이 꽃길 되겠네

이상기온

이글거리는 태양이
먹구름에 가리어
형제처럼 다녀간 태풍에 밀려난 후
저만치서 가을 하늘이
파랗게 펼쳐져 우리를 기다린다

어디서 왔는지
창가에 부는 솔바람은
보이지도 만질 수도 없는데

구름산 계곡에서,
아니면 가학산 동굴 속에서
여름 내내 낮잠을 자다 왔나 보다

가을아, 네가 늦게 찾아오니
강물에 녹조가 펼쳐지고
남해에 적조 현상이 일어나고
수족관에 비브류 균도 들끓고
과수원 나무에도
여러 가지 병균이 생기는구나

가을에 알찬 열매를 거두려 할 때
뜨거운 폭염 아래 서 있는
허수아비처럼
한차례 홍역을 치러야 하는가 보다

어, 단풍잎 지네

이산 저산 산골마다
가을 꽃물결 가득하니
곳곳마다 단풍 구경
인산인해로 황홀하다

이런 야속한 비바람아
단풍잎 좀 남겨 두어라
나의 친구 찾아온다니
술 한 잔 나눌 수 있게끔

나의 소망

우리의 일상을
기도로 시작하고
마치게 하소서

우리의 마음이
주님의 마음에
합당케 하소서

우리의 사랑이
주님의 사랑을
본받게 하소서

* 자연의 질서

* 참 좋은 그분

* 하늘의 별은 빛나는데

* 엄니의 넋두리

* 인생은 다 바람입니다

* 천상의 목소리

* 불구덩이에 빠지다

* 보고 싶은 당신

* 산에서 인생을 배운다

* 어제보다 괜찮은 오늘

* 위대한 광명시(光明市)

* 새롭게 시작하자

제5부

보고 싶은 당신

자연의 질서

나무는 때가 되면
몸속에 수분을 아끼려고
낙엽을 만들어 떨어뜨리고

혹독한 겨울을 나기 위해
안간힘을 쓰고 있는 그 모습은
인간들의 월동준비나 비슷하다

자연 생태계는
참으로 경이로움으로 가득하다
흙과 더불어 살아가는

자연과 우주의 엄연한 질서 속에서
천년만년 살아갈 우리 인간들이
배워야 하는 큰 깨달음이다

참 좋은 그분

언제 보아도
얼굴이 밝으신 그분
꾸밈이 없어 참으로 좋다

보고만 있어도
마음 따뜻해지는
참으로 좋은 그분

보면 볼수록
만나면 만날수록
더 좋아지는 그분

함께하면 할수록
내게 행복을 주고
멈추지 않고 흐르는
아리수와 같은 그분

또 한 해가 가고,
십수 년이 흐른다 해도
영원히 변치 않을 그분

하늘의 별은 빛나는데

우리가 사랑하고 존경했던
그임은 가셨습니다.
온 국민의 슬픔과 애도 속에서
그러나 그임은
우리 곁을 떠나지 않았습니다
지금도 우리 가슴 속에 머물고 계십니다

무궁화를 사랑하고
백목련을 좋아하셨던
그임은
언제나 한결같은 마음으로
비가 오나 눈이 오나
바람이 불어와도

오로지 구국일념으로
가난을 물리치고 조국 근대화로
국가와 국민을 위하는 일이라면
보람이고 행복이라 했습니다
첨단 과학으로 자주국방으로

통일하는 것을 소원이라 하셨는데
지금 어디 계시나요?

고속도로를 달릴 때마다
고마움으로 감사하는 우리
언제 오시려나요?
구미시 상모동 생가 섬돌 위에
한 켤레 빛바랜 고무신은
오늘도 주인을 기다리고 있는데

오천만의 민족 지도자
우리는 그임을 떠나보내고
지금도 그리워하고
영원히 잊지 못하고 있습니다
오늘도 하늘의 별은 빛나고 있는데

엄니의 넋두리

불러도 대답이 멈춘
바닷속 세월호를 향해
돌아오지 않는 아들에게
'행복은 이제 끝났다 이놈아.'
소리소리 질러 통곡하는
이 엄니의 마음을 아는지 모르는지

스산한 바람만 지나칠 뿐
아무 죄 없는 우리 아들을
왜 이리도 빨리 불러 가능겨
하늘도 무심한지고

저승사자여!
내 분명 따져 볼끼다
염라대왕의 경거망동한 짓을
깜깜하고 추운 바닷속에서
우리 애들 얼마나 고생하겠냐
어서 옥체를 빨리 돌려보내 주거라
이 엄니의 마지막 소원이고
간절한 부탁이니!

오늘도
진도 팽목항 바닷가에는
검은 파도와 노란 리본만
일렁이며 흔들거리고 있네

인생은 다 바람입니다

디스크도 스트레스와
관련이 많다고 합니다

그냥 마음을 내려놓으시고
건강을 챙기세요

인생은 다 바람입니다.
편안한 마음을 가지세요

희망은
희망을 꿈꾸는 자에게만 있고

내일은
내일을 믿는 자에게만 있습니다

오늘도
활기찬 하루 되시길 바랍니다

천상의 목소리

그는 예쁜 소녀였지
초등학교 2학년 짝꿍 경숙이
지금은 하늘나라에서 쉬고 있지
비단 구두 사 온다던 오빠를
무척이나 기다리던 친구였지

비단 구두 대신 스파이크를 신고
핸드볼 국가 대표로 활동하다가
그만 이유 없는 삶을 마쳤어
지금도 비가 오나 눈이 오나
오빠 생각을 하고 있을 거야

그곳에 가서도
그 노래를 부르고 있을까?
내 가슴이 뭉클해 한편이 저려진다
하늘나라의 천사가 된 친구야
기다려라, 그곳에 가는 그날까지

불구덩이에 빠지다

시작은 사탕이다
달콤하고 따뜻하였다
유언비어의 바람에 현혹되어
불나방처럼 제 몸 타는 줄 모르고
뛰어들어 한 패거리가 되었으니

한심하다, 어이없다
거기가 어디라고
훨훨 타는 불구덩이에
너 죽는 줄 모르고
너만 죽으면 괜찮다
왜 아무 이유도 모르는
사랑하는 자까지 죽여야 하나

보고 싶은 당신

보고 싶은 당신
당신도 지금
내 생각 하고 있을까요
사랑이 깊어 가면 갈수록
더 깊어만 가는 내 그리움~
그 그리움의 끝은 어디일까요

보고 싶은 당신
당신은 알고 계실까요?
내 그리움의 당신
그대 그리움은 새벽하늘
내 그리움 속의 당신은
당신은 영원한 내 사랑

산에서 인생을 배운다

걷는 사람들이 많아졌다
북한산과 관악산 같은
둘레 길을 걷는 사람도 있고,
탄천이나 한강 둔치 같은
하천변을 걷는 사람도 있고,

산행을 곧잘 인생에 비유한다
오르막과 내리막이 있고,
오르면 반드시 다시 내려와야 한다
앞만 보면 풍경을 놓치게 되고,
주변을 살피다가는 발을 헛디디기 일쑤다

그리고 산행에는 고통이 따른다
고통을 이겨내야 정상에 오를 수 있다
정상에 오른 자만이 희열을 맛볼 수 있고,
그 희열이 다시 발걸음을 산으로 이끄는 것이다

여성 여행가 한비야의 말이다
"어떤 산의 정상에 올랐다고 그게 끝은 아니다

산은 또 다른 산으로 이어지는 것
그렇게 모인 정상들과 그 사이를 잇는
능선들이 바로 인생길인 것이다."

어느 인생이든 정상에 머무는 시간은 잠깐이고,
또 다른 정상에 다다르기 위해
애써야 하는 수고는 많다

어제보다 괜찮은 오늘

청춘은 열정의 돌개바람이고
인생은 뜬구름인데
떠나가고 나면 다시 못 오는
지나고 보면 한낱 꿈이려니
행복도 잠시 불행도 잠깐
모든 것이 잠시 잠깐
마음먹기일 뿐이니
불평불만 떨지 말고
매일 새롭게 주어진 삶
어제보다 괜찮은 오늘
아낌없이 살아보세
후회 없이 살아보세

위대한 광명시(光明市)

글로벌 우주 도시여
삼십만의 광명시민이여
성년이 된 마흔의 광명시여
사랑한다, 영원히 빛나라

한마음으로 하나 된 시민들
해(日)와 달(月)이 만나서
아름답게 빛나는 곳,
그 이름 광명(光明)이여

자손 대대로 뿌리내려 이어 나갈
이곳 후손들의 터전에
오리대감의 정신을 받들어

다 같이 팡파르를 울리자
사십 주년 시민의 날에
덩실덩실 춤을 추며
기쁨을 함께 나누자

위대한 광명시(光明市)에서

새롭게 시작하자

지금도 긴장 속 25시 생활하는
통일촌의 아이들처럼
모두가 무척 힘들었지
지난 가을부터는
이태원에서 들리는 신음소리에
여러 날 밤잠을 설쳤지

소리 없는 소리
하늘의 소리를 들을 줄 알아야
이별은 끝나고 슬픔도 끝나며
만남은 이루어진다고
풍요 속에 빈곤이라 했던가?

그렇지만 바다 건너
로마 교황께서 주신 선물에
'명량'에서 본 장군의 애국심에
한동안 모두가 열광했었지

이제 가을이다
가슴속에서 피어나는 시어(詩語)로
만산홍엽(滿山紅葉)에 응어리 씻고
삼천리강산을 희망으로 가득 채우자

'시인(詩人)이 늘면 도둑이 줄어든다.'고
사람부터 되자고 새롭게 시작하자고
외쳐보지만 누구 응해주는 자가 드물구나

제6부

유월이 오면

참전용사를 생각하며

조그마한 대한민국
지구촌의 어디에 있는지
듣지도 보지도 못한 땅에

1950년 북괴 남침으로 참전
그들은 우방의 평화를 위해
희생의 밑거름이 되었다

자유민주주의와 평화는
거저 얻어지는 게 아니었다
소중한 피와 땀이 필요하였다

사랑하는 조국의 젊은이들이여!

자유우방 참전용사처럼
무언가 이득을 바라지 말고
국가와 국민을 먼저 생각했으면

삼일절 아침

오늘은 3·1절이다
우리 민족의 그날의 함성은 바람소리요
태극기 흔드는 감격의 눈물은
빗물처럼 흐른다

눈에서 내리는 봄비는
애국 애족 순국선열들의 우국충정을
슬퍼하는 듯하지만
우리의 얼었던 마음을 포근히 녹여 준다

산골짜기 잔설도 모두 녹아
새싹에게 봄 향기 불어넣어 주고
온 천지를 깨끗이 씻어주며
우리의 마음 밝은 미소를 짓게 한다

오늘은 삼월 초하루
저만치서 들리는 함성과 함께
우리 님들 만나러
깨끗한 몸가짐으로 봄 마중 가자

혹을 뗄 수 있다면

거리 두기가 해제되니
걷는 사람이 많아졌다
얼마 전에 남산에 올라
휴전선 너머 멀리 대륙에 있는
우크라이나 전쟁이 생각났다

우리도 매일같이
코앞에 혹을 달고 살아가니
언제 어떻게 저리될지 불안하다

걱정이다, 삼대 꼴통
얼마나 좋을까
혹을 뗄 수만 있다면
어르고 달래서라도

이제 걱정할 것 없다
강력한 새 정부가 들어섰으니
바라던 통일은 어려워도
서로 도발 없이 평화롭게 지냈으면

휴전선의 봄

하늘엔 은하수 흐르고
새들마저 자유로이 나를 수 있지만
남북은 가로막혀 오가지 못하네

아~아, 바람아 구름아
저 흘러가는 비구름에게
내 마음 전해다오

휴전선 철책 녹여 평화 배지 만들어
7천만의 가슴에 매달자
아, 휴전선의 봄은 언제 오나
반세기 이산가족 천만의 아픔이여

아~아, 바람아 구름아
저 흘러가는 비구름에게
내 마음 전해다오

아, 휴전선의 봄은 언제 오나
반세기 이산가족 천만의 아픔이여

(제주 음악회에서)

유월이 오면

벌써 유월인가요?
피리 보리피리 불던 그 시절
그해 하늘은 가뭄으로
땅은 쩌~억 쩍 갈라지고
등골에서 땀방울이 죽죽 흐르는데

하루 종일 대문만 바라보시던 할머님
우편배달부의 전사통지 소식에
아직도 귓가에 맴도는
그날 할머님의 통곡 소리
애간장이 다 녹아내렸다

70년이 훨씬 지난 지금에
자식을 낳아 길러보니
똑같이 아픈 열 손가락인 것을

해마다 6월 6일 동작동 현충원에 가면
포천 이동외과병원에서 6월 10일
몸부림치며 눈을 감았을 삼촌이
눈에 아른아른거린다

꼭 이기고 돌아오신다던 그 삼촌이

안보는 생존문제

온 나라가 연일 시끌벅적하네
비정상으로 제조된 럭비공같이 생긴
북녘땅의 사발 머리 하나로 인해서

맑은 하늘에 천둥소리는 요란한데
기다리는 한줄기 소나기는 오지 않고
웬 놈의 오물풍선, 미사일 발사 소식인고!

지구촌 반대편 프랑스 파리에서는
오늘도 선수들의 메달 사냥에
선수들과 온 국민은 한마음인데

어려운 경제와 이웃 나라 눈치 보느라
갈등과 비방으로 민심만 허허롭구나
국가 안보는 온 국민의 생존문제인데

광복절에 만난 미루나무

나라 잃은 설움으로
독립운동을 하던 애국지사들은
서대문 형무소가 바로 안방이었다

붙잡혀 끌려와 기거를 하던 곳
억울하게 온갖 고문을 당하고
마지막 사형장으로 끌려가야만 하는

의지할 곳 없고 하소연할 곳이라고는
사형장 입구 좌측에 우뚝 서 있는
미루나무 한 그루뿐이었다

끝내 조국 광복을 보지 못한 채
생의 마지막 순간 이 나무를 부여잡고
눈물을 흘리며 하소연을 들어준 동지였다

그런데 100년이 지난 이 동지는
2020년 태풍에 의해 쓰러져 숨겼다
순국선열들의 한 많은 사연을 안고서

해마다 광복절에 우리는 힘차게 불렀다
"흙 다시 만져보자, 바닷물도 춤을 춘다."고
그러나 잃어버린 땅은 찾았으나 정신문화는 아직껏,

대한 국민들이여! 젊은 정치인, 학자들이여!
순국선열들의 애국정신을 상기합시다
반공, 식민사관으로 민족의식 말살될까 걱정이요

현충원에서

현충원의 잔디밭처럼
그대가 지내고 있는
그곳 천국도 이러한가?

그대가 떠난 뒤
그대 마음 밭에
내가 들어가서

행복을 가꾸다가
살포시 잠이 들어
꿈을 꾸었다오

'영원한 안식처를'
그대여 슬퍼 마오
내가 그대 곁에 있으니까

희망의 연평도

짙은 안개로 희망이 보이지 않아도
우리는 그곳에 갈 수 있습니다
자유와 평화가 태풍으로 요동쳐도
우리는 그것을 누릴 수 있습니다
사랑과 행복이 보이지 않을지라도
우리는 그것을 느낄 수 있습니다

희망, 자유, 평화, 사랑, 행복~
모두 마음에 담으세요

조국을 위해 먼저 가신 고귀한 생명
희생이 헛되지 않도록 남은 우리가
머리 숙여 숭고한 정신 길이 사모하리

연평도는 최북단 수자원의 보고(寶庫)
눈물의 연평도가 아닌 삶의 터전으로
다시는 포격 없는 희망의 연평도 되게

그날이 오면

해마다 이맘때가 오면 더 생각난다
태극기, 탑골공원, 독립선언서, 유관순,
그리고 서대문 형무소와 미루나무
지난 일제 강점기 35년여 동안
나라 잃은 고통으로 흘린 피눈물과
한숨이 태평양을 넘쳐흘렀고,
산천초목이 우거진 골마다
분노에 떨고 있었다

세 살 먹은 아이도
제 밥그릇을 뺏으면 돌려 달라고 우는데,
하물며 우리가 우리 땅, 우리나라를
돌려 달라는 건데 뭐가 나쁘단가요?

밥그릇을 엎어서 그린 태극기로
이 땅에서 왜놈들을 몰아낸 지 5년 만에
허리 잘린 독립을 하여
피비린내 나는 동족 간의 전쟁으로
엄청난 인류재앙을 불러왔다

그나마 애국선열들이 있었기에
지금의 우리가 존재하는 것이다
잊지 말자! 일본 제국주의의 근성을
상기하자! 북괴의 6·25 남침을

한글의 세계화 열풍

바람은 동쪽에서 불어오고 있으나
문화의 바람은 서쪽에서 불어
우리는 그 문화 찾아 실크로드 통해
물질문화와 과학문명을 발전시켰다

우리 조상들은 홍익인간 정신을 바탕으로
너도나도 인류 모두가 행복하기 위해서
그리고 세상을 널리 이롭게 하려 했지만
언어라는 말은 있었으나 글자는 없었다

세종대왕은 애민 자주 실용 정신을 발휘해
우리말이 중국말과 달라 표현이 어려우니
백성들에게 뜻이 통하고 소통하기 알맞은
자음 모음 28자 한글을 창제해 주셨다

일제 강점기의 혹독한 시련을 겪으면서
한글학자들의 노력으로 지켜낸 우리글
세계적으로 한국어 한류열풍에 힘입어
한글 세계화의 열풍이 거세지고 있다

주시경 선생은 "말이 오르면 나라가 오르고
말이 내리면 나라도 내린다."고 하셨다
이제 국운 상승에 한글 세계화 운동을 벌여
유엔 공용어와 세계 공용어가 되게 힘쓰자

사공이 너무 많다

대한민국은 민주공화국이다

국민이 주인이라지만
나라님을 뽑았으면
임기 동안은 지켜볼 일

사공들이 너무 많다
이러다가 이 나라가
어디로 갈까 걱정된다

우리의 갈 길은 멀다
동서화합으로 남북화해로
이어지는 대박이 통일이다
우리의 희망이고 목표다

남북이 하나로 통일된 대한민국만이
칠천만 한 민족이 바라는 이상국가다
동아시아의 선진국가다
우리에겐 선장 하나만 있으면 된다

이산가족의 마지막 소원

국민만 소통 화합하자고 하니
짐짓 지네들이나 먼저 잘하지
갈등만 증폭시키고 부채질하네

옥황상제 미움받는 견우직녀도
은하의 동서로 갈라져 살지만
까막까치 덕분에 매년 상봉하는데

이 땅의 한반도 배달민족은
무엇 때문에 만날 수 없는지
슬픔을 두 눈 뜨고는 못 보겠네

가슴에 한 많은 이산가족
살아생전에 만나지 못하면
죽어서 조상 뵐 낯도 없으리

세종대왕 뿔났다

광화문 넓은 광장에
그해 가을은 무척 어수선했지
촛불과 태극기 물결로 가득 메웠고
특별히 주말이면 인산인해 함성으로
숨통이 막히고 몸살을 앓고 있어도
세상은 수레바퀴 돌아가듯 굴러간다

오늘도 이곳 광장은 요란하다
내가 한글을 만들 때
백성들을 위해서였지
그리 시궁창 냄새나는
악담하라고 하지 안 했다
허구한 날 주말이면 내 귀가
따가워 고막이 터질 지경이다

칼 차고 앞에 서 있는 장군이여
장군은 지금 뭘 하고 있는가?
그리고 무얼 머뭇거리는가!
남해안에서 왜군 몰아내듯이
국민의 지혜를 밝혀 보시오

주말이면 광장에 가족들이 모여
아름다운 노랫가락이 울려 퍼지고
예술인들은 시낭송회를 자주 열어서
자랑스러운 한글을 빛내 보아라
그것이 내 소원이다
태평성대 노랫가락이
광화문 광장에 울려 퍼지기를

카타르시스를 통한 언어의 조탁

김환생

(시인, 전주 시인협회 부회장)

사물의 이치를 논리적으로 생각하고 판단하는 마음의 작용을 '이성(理性)'이라고 한다. 흔히 '로고스(logos)'라 하는 용어인바, 고대의 철학자와 미학자들이 로고스에 가장 가까운 예술로 시(詩)를 꼽았다. 왜냐하면 그들은 논리를 사랑했고 논리적 언어인 '로고스(logos)'를 신봉했기 때문이다.

아리스토텔레스는 그의 '시학(詩學)'에서 카타르시스 (catharsis)라는 용어를 사용하였다. 이 용어는 종교적 의미로 '감정의 정화(淨化) 또는 정죄(淨罪)'를 나타내는 단어라고 할 수 있다. 의학적으로는 몸 안의 불순물을 제거한다는 용어이다. 시의 측면에서는 카타르시스를 통하여 정신의 균형과 안정을 회복할 수 있다고 생각했다. 이러한 카타르시스가 이성(理性)의 작용으로 나타나는 것이 아니겠는가.

김석인 시인은 '기다림'을 통해 카타르시스를 하고 있다. 기다린다는 것은 앞으로 어떤 일이 분명히 일어날 수 있다는 믿음에

서만 가능해진다. 믿기 때문에 기다릴 수 있다는 말이다. 그 일이 전혀 일어날 수 없음을 알면서 그 일이 반드시 일어날 것처럼 생각하는 믿음은 또 어디에서 오는 것일까?

만나서 기쁨을 주고 행복을 주는/그런 사랑을 기다리고 있습니다/얼마나 기다려야 할지 모르겠지만/아예 영영 만나지 못한다 하더라도/기다림이 있어 나는 행복합니다//기다림은 사랑을 만날 수 있고/나의 행복을 얻을 수만 있다면/오늘도 내일도 계속 기다리며/이곳에 혼자 남아 있겠습니다/사랑하는 그 님이 오실 때까지

－〈기다림이 있어 행복하다〉 전문

이러한 카타르시스는 제3부 〈청춘은 내 마음속에〉에도 나타난다. 세월을 핑계 대고 스스로 열정을 버리면 그 순간 우리는 늙어버린다. 열정을 버리지 않으면 항상 청춘이다. 늙었다는 생각이 우리를 늙게 만들어 버린다.

세월이 흐르면/피부를 주름지게 하지만,//열정을 버리면/영혼을 주름지게 만든다//우리의 청춘은 언제나/마음속에 함께 있다

－〈청춘은 내 마음속에〉 전문

한 구절 시(詩)에 표현된 '십자가의 정신'은 가장 완성된 카타르

133

시스의 태도다. 그 한마디에 감동하고 내 인생이 바뀐다. 내 영혼이 구원받을 수 있는 최고의 말씀이 바로 '십자가의 정신'에 있는 것이다. 모든 종교가 같은 가르침을 준다. '나를 내려놓는 행위'가 나를 정화(淨化)시키는, 나를 정죄(淨罪)시키는 최고의 가르침이 아니겠는가! 불가(佛家)의 '살신성인(殺身成仁)'의 정신, 기독교의 '사랑은 율법의 완성'이라는 정신이 우리가 지향해야 할 인생의 목표가 아니겠는가.

> 십자가 정신은/자기중심이 아닌/하나님 중심이고/타인 중심의 정신입니다//자기를 희생하는 정신입니다//하나님 나라를 위하여/교회를 위하여/성도들의 유익을 위하여/손해를 감수하는 정신입니다//5리를 가자면/10리를 가주는 정신입니다
> ─〈십자가 정신〉 전문

> 우리의 일상을/기도로 시작하고/마치게 하소서//우리의 마음이/주님의 마음에/합당케 하소서//우리의 사랑이/주님의 사랑을/본받게 하소서 ─〈나의 소망〉 전문

카타르시스는 마음속에 쌓여 있던 슬픔, 억압, 답답함을 정화(淨化)한다는 뜻으로 쓰인다. 통쾌하다는 감정이 아니라 마음속에 쌓여 있던 답답함을 내보내서 정화한다는 것이다. 내가 만나는 김석인 시인은 언제나 성품이 온화하고, 항상 겸손하시다. 그

성품의 근원이 그의 시(詩)가 보여 주는 카타르시스에 있다면 내가 지나치게 김석인 시인을 옹호하는 것일까?

그의 두 번째 시집 『그대와 함께한 시간이 행복했다』 전편을 읽으며 모든 시에서 우러나오는 시인의 덕(德)과 포용(包容)을 느끼며 감동한다. 그렇다. 난해(難解)한 말장난이나 일삼는 일부 감동 없는 현대시를 읽다가 김석인 시인의 시를 읽으며 나를 돌아본다.

아주 오래전 대학 재학 중, 친구와 함께 '경북대학교'에 찾아가 만나 뵌 김춘수(金春洙) 시인께서 젊은 우리에게 "이제까지 내가 쓴 시를 모두 태워버리고 싶다."라고 말씀하셨다. 깜짝 놀라 "교수님! 왜 갑자기 그런 말씀을 하십니까?" 여쭸을 때, "부끄럽네. 100년, 혹은 200년이 지나 내 시가 참으로 감동으로 읽혀질 수 있을까?" 말씀하시던 일이 떠오른다. 김춘수(金春洙) 시인께서 당신의 시를 두고 '감동 없는 시'라고 말씀하셨다.

김석인 시인의 시는 읽을수록 감동을 준다. 자기 카타르시스를 통해 이웃과 세상에 무엇을 베풀어야 할지를 알도록 해준다. 아는데 멈추지 않고 스스로 베푸는 태도를 보여 준다. 그래서 나는 그를 덕인(德人)이라고 말한다.

바람에 맞서 흔들리는/아주 작은 꽃씨 하나//아름다운 꽃으로 피운 인연/밝게 피어나는 우리들 마음//춤추는 벌과 나비들은/사랑을 한 아름 선물하네//꽃 중의 꽃, 사람의 꽃(人花)/삼천리강산에 가득가득하게

-〈꽃 중의 꽃〉 전문

나무는 때가 되면/몸속에 수분을 아끼려고/낙엽을 만들어 떨어뜨리고//혹독한 겨울을 나기 위해/안간힘을 쓰고 있는 그 모습은/인간들의 월동준비나 비슷하다//자연 생태계는/참으로 경이로움으로 가득하다/흙과 더불어 살아가는/자연과 우주의 엄연한 질서 속에서/천년만년 살아갈 우리 인간들이/배워야 하는 큰 깨달음이다

-〈자연의 질서〉 전문

조국(祖國)이 없이는 내가 있을 수 없다. 시인은 내 조국을 사랑한다. 6부 전체의 시 제목만 보아도 김석인 시인이 얼마나 조국을 생각하고 있는지 알 수 있다. 몇몇 작품의 시 제목 〈참전용사를 생각하며/삼일절 아침/휴전선의 봄/독도는 우리 땅/희망의 연평도/이산가족의 마지막 소원/새롭게 시작하자/세종대왕 뽐냈다/한글의 세계화 열풍〉 등등에서 나는 김석인 시인의 조국(祖國)에 대한 사랑과 헌신을 읽는다.

김석인 시인의 시에 깊이 다가가지도 못하고 〈삼일절 아침〉 전문을 읽어보는 것으로 나의 생각을 가름한다.

오늘은 3·1절이다/우리 민족의 그날의 함성은 바람소리요/태극기 흔드는 감격의 눈물은/빗물처럼 흐른다//눈에서 내리는 봄비는/애국 애족 순국선열들의 우국충정을/슬퍼하는 듯하지만/우리의 얼었던 마음을 포근히 녹여준다//산골짜기 잔설도 모두 녹아/새싹에게 봄 향기 불어넣어 주고/온 천지를 깨끗이 씻어주며/우리의 마음 밝은 미소를 짓게 한다//오늘은 삼월 초하루/저만치서 들리는 함성과 함께/우리 님들 만나러/깨끗한 몸가짐으로 봄 마중 가자

김석인 시인의 두 번째 시집 『그대와 함께한 시간이 행복했다』를 통해 더욱 낮은 자세로 이웃에게 베풀고, 포용하고, 사랑하는 저희들 되게 하여 주시옵소서.

나에게 특별히 주신 선물

1, 아무 일 없이 하루를 보내면 그것이 기적입니다.
2, 아픈데 없이 잘살고 있다면 그것이 행운입니다.
3, 좋아하는 사람과 웃고 지내면 그것이 행복입니다.

기적, 행운, 행복은 특별한 게 아닙니다.
하루하루가 하늘에서 특별히 주신 보너스 같은 선물입니다.

제2024-010호

지식공감 문학상

우수상

성명: 김석인
부문: 시
수상작품: 우리 부부 나들이 외 2편

귀하는 한국문학의 새 지평을 열어갈 2024년 지식
공감 문학상 문학 부문에서 시 <우리 부부 나들이>
외 2편이 우수 작품에 선정되었기에 이 상장을 드립
니다.

2024년 12월 6일

도서출판 지식공감
대표이사 김재홍 [인장]

그대와 함께한 시간이 행복했다

초판 1쇄   2025년 1월 10일

지은이   김석인
발행인   김재홍
교정/교열   김혜린
디자인   박효은
마케팅   이연실

발행처   도서출판지식공감
등록번호   제2019-000164호
주소   서울특별시 영등포구 경인로82길 3-4 센터플러스 1117호(문래동1가)
전화   02-3141-2700
팩스   02-322-3089
홈페이지   www.bookdaum.com
이메일   jisikwon@naver.com

가격   10,000원
ISBN   979-11-5622-907-0 03810